觀星閣詩艸

黃瑞松 著

目錄

輯八：小詞幾闋

未嘗顧念誰知我

——《觀星閣詩艸》序

陳耀成

上世紀七十年代初，父母帶我舉家離開童年成長的澳門，到香港升中學。因為沒有參與香港的小學會考，找學校並不容易，結果進了當年的所謂飛仔學校——威靈頓中學。較我年長的校友張堅庭在臉書曾經這樣寫過：

「今日因工作再臨我長大、上學、居住的尖沙咀。這條斜坡的盡頭曾經是威靈頓中學的校址。我曾在那裏上學四年，這斜路之前沒有上蓋，路口有雜誌檔賣些什麼我忘了，好似也有性感刊物，威靈頓和旁邊的格致都屬於飛仔學校，放學時路口站滿了年青人，有時是等女孩子的男仔，有時是尋仇的學生飛仔，風聲緊的時候，我會扮傻仔，免得被人點錯相，學校的管理頗為法西斯，守在門口的都是面相凶嚴的訓導主任，測頭髮、裙衣長短。

雖然是飛仔學校，但老師上堂科目都全英語，而且水平頗高，總之我一路讀到中六，中學會考有三個 Credits，不過頗多同學途中大半失蹤了，不知是被退學還是自退了，總之中學合格率 98%，數字好睇，只教不育，所以和學校培養不了感情，但一路走來總算對得住他的校長『屎坑蟲』了。」

我印象之中倒不曾感到那麼「飛聲」鶴唳，亦未見過什麼報仇打架的場面。(但很感謝張堅庭把那位校長頗難聽的外號，於笑嘆怨尤的往昔噪音中幽默定格！) 高中之後很少再去尖沙咀那區，一個原因是若干年後已移居紐約。某年在香港舊地重遊，發現校舍早已改建。而諾士佛台成為一個高級酒吧區。滄海桑田。是好是壞？幸好自己也不再是當年那個只感到前路茫茫的中學生！後來曾經與黎海寧在一間西班牙餐館吃飯。偶爾和一些不願意去蘭桂坊的朋友，在這兒喝酒。最後一次去，應該是因為兩位來自蒙特利爾的朋友建議。原來他們在加拿大的一位意大利友人，曾經在這裏的一間餐館嚐到極出色的西西里島式的墨魚汁意粉。是的，烹飪水平的確不錯。然而那晚，吃喝之間，難免臆想，故人何在？

回憶中，印象最深的是兩位老師。第一位是教數學的陳禮源老師。

當年的同學陳毓文，三十多年之後，通過香港電影評論學會與我再聯絡上，令我興奮。歲月匆匆，不可以低估人對成長時期的眷戀。談起禮源老師，他說：「記憶中我們選擇了『純數學』這門課。陳老師綁上類似線繩的東西和兩支粉筆，在黑板上畫圓圈，以教授三角和幾何。」

談起禮源老師，也是因為一兩年前，禮源老師與舊生聚餐。在面書的貼文中，他問起：我在哪裏。

我是他四十年前的學生，他仍然記得，怎能不感動？

是因為禮源老師令我愛上數學和物理，選了理科，然後才發現其實不太適合我，因為影響我更深的是另一位老師，教中文的黃瑞松。雖然中學會考在即，在課餘時，我不斷通過中英語，讀中外小說——從托爾斯泰、杜也夫斯基，到卡繆、沙特、亨利．詹姆斯、《紅樓夢》、《金瓶梅》等等，終於病倒。

會考及升大學的考試雖然合格，但成績肯定不能夠投考中大或港大，而且我也不能想像自己將會終身成為科學家或工程師。於是我進入了浸會的傳理系，因而接觸到電影欣賞。一直家境貧窮，沒有能力唸要花錢的電影製作。於是副修英文新聞寫作，但偏向寫文化報道，終於畢業後，在日間工作的英文報館發表英文影評，在《電影雙周刊》刊登中文評論。而是在紐約得到哲學碩士學位之後，才陰差陽錯地成為電影導演。

於二〇〇〇年，我完成了電影《情色地圖》，帶到韓國的一個影展放映。因為一宗小事的觸發，我在那時寫的報章專欄內，發表了這一篇〈黃瑞松老師〉：

南韓全州曾是後百濟的王都和朝鮮王朝的發源地。新城部分的建築無甚瞄頭，像整潔的台北或深圳。某晚，電影節的朋友帶我們到老區，平房畫檐的舊里巷內，是一間來自數個世紀前的仿唐的傳統茶館，裏面居然有我是只聞其名，而不曾見過，遑論坐過的「暖坑」。大家嘖嘖稱奇。

一起席地而坐的是北京導演寧敬武與杜海濱。我看到牆上掛的一張字畫，主要是個巨大的「山」字，下面小楷接寫「（山）氣日夕佳，飛鳥相與還。」

我隨口說，是陶淵明的詩。默然之後，國內導演忽然對我尷尬地說：「我們不認得陶淵明詩，只認得毛澤東的詩。」

這就是禮失求諸野了嗎？然而這宗小事在我心頭縈迴好久，令我強烈懷念中學時代的黃瑞松老師。

小學在澳門度過，有一份無憂無慮。在香港上中學只感到那被迫成長的壓力，而反應是一切少年的渾渾噩噩。中二那年黃老師教中文，某天說我作文不錯，叫我多寫。

他在台大唸中文系，那是他回憶中花月正春風的亮麗歲月。他說曾是台灣學者吳宏一的同班同學。黃老師借了很多書給我看：余光中、鄭愁予的詩，陳之藩的散文，魯迅的《野草》，我最感激的是他借來葉嘉瑩的《談詩》與《談詞》二書。

與此同時黃老師教我們寫舊詩詞。課餘時，我因而細讀一兩首經典，實在終生受益。黃老師喜愛辛棄疾，我還記得「更能消幾番風雨，匆匆春又歸去。惜春長恨花開早，何況落紅無數。春且住。見說道、天涯芳草無歸路。」——無歸路！與黃老師睽隔多年了。還有機會再見嗎？

瑞松老師當時應該是在恒生商學院教學。而好像是不只一位學生見到這篇文章，帶給他看。然後他應該是通過我專欄登出的電址與我聯繫。當然我是長住美國，也不能立刻相見。其實回想起來，之後我們也再只有一面之緣。我是於二〇〇三年完成了《吳仲賢的故事》。在藝術中心放映時，請了老師和師母來看，在大堂與他匆匆寒暄幾句。但每次回港，我都要處理很多事務，想著下次回來再約見面吧！但後來卻發現，已經失去了他的聯絡方法。

如是者，直到去年。因為不再年輕了，而且香港近年也有很大的轉變。一些外國學府（主要是溫哥華的英屬哥倫比亞大學 University of British Columbia）有興趣收藏我的資料。我於是把過去的剪報、場刊、節目單等等，從故紙堆中搜出，因而發現了一些很舊的地址簿，翻開一看，裏面赫然有黃老師的電話。於是試試給他發一個 WhatsApp 短訊，很高興黃老師立刻回應。他說：

「耀成，常想起你，獨憾無法聯繫，祝願一切安好；多謝關心，健康響了警號，七月確診前列腺癌，已擴散，所以毋須做手術。試藥中，目前進行藥療，希望能抑制癌細胞，然後再打針，據稱有人能抑制一年半載，俟復發再重複療程。」

欣慰的是——重新通訊之後，黃老師的病況最近已經穩定下來。是因為再開始聯絡，互通消息，黃老師把他一些舊詩（通常配圖）的詩作傳來給我看。讀著讀著，頗為津津有味。因為其中幾首寫貓。我知道陸離愛貓，轉傳了給她。她突然很興奮，立刻說要為黃老師安排出書。

這就是此書出版的緣起。

據維基百科說：所謂「緣起」是佛教觀念。緣起就是：「依此有故彼有，此生故彼生」……任何的法顯現以及事物，都因為各種條件的相互依存而處在變化中，這是「緣」的現象。

但這的確是越過多少歲月的，頗有趣的一連串的互動觸發。成為師生是緣份。這麼多年之後再聯絡上是緣份。陸離促成此書又再是另一重的緣！

其實我也是到此刻才知道黃老師一生孜孜不倦地筆耕的是舊詩。然而昔年他借給我看的張秀亞、吳宏一、陳之藩；還有作者的名字已忘掉了的一本我很喜歡的散文集《第一聲蟬嘶》，都是當代文學，是最早觸發我創作興趣的書籍。

他書單中影響我最深遠的倒是葉嘉瑩，和葉嘉瑩推介的周夢蝶。葉嘉瑩的詩詞論文是我一生都愛讀的。而我在紐約社會研究新院大學的碩士作業是英譯《還魂草》，兼附一篇名叫〈慾之變貌〉的論文——從法國哲學家Bataille的理論探討內容深邃龐雜的夢蝶詩。到今天，我未能有機會出版到一本周夢蝶詩的英譯本是一個很大的遺憾。但想不到那未能出版的計劃，也竟然吸引到周夢蝶基金會負責人曾進豐教授在二〇一三年（周公逝世前一年）邀請我到台北出席第一個國際性的周詩研討會。那台北行得以和周公和余光中先生吃了一頓午餐，是很大的（回想兩位均已大去！！！）也是及時趕到的榮幸。當然黃老師也曾借了余光中、瘂弦詩，還有昔年有關現代詩爭論的專題雜誌給我看。在台北與兩位近代名詩人進餐之時，想起黃老師、飛仔學校、香港、紐約，深感人生那許多奇怪，卻彷彿朝向某個終點的彎曲的緣路。

* * *

張愛玲在《海上花》譯後記中曾經引述過陳世驤的話：「中國文學的好處在詩，不在小說。」她認為：「他是指傳統的詩與小說，大概沒有疑義。當然他是對的。就連我這最不多愁善感的人，也常在舊詩裏看到一兩句切合自己的際遇心情……使人千載之下感激震動……」

張愛玲的古典文學修養當然深廣。我想起她在《紅樓夢魘》內引了黃仲則的詩句：「太貧常恐人疑賊。」（因為貧窮，怕別人疑心自己是盜賊）順手拈來，真是功力深厚。當然她在《傾城之戀》所用的《詩經》之句：「執子之手，與子偕老。」就被頗多後來的小說家轉引。而近代華人社會中，兩位最暢銷的作家——瓊瑤和金庸——都熟讀舊詩。我當然記得童年時看到瓊瑤小說中引述的「青山依舊在，幾度夕陽紅。」以及青少年時期，於《神鵰俠侶》書末碰到的李白詩：「秋風清，秋月明。落葉聚還散，寒鴉棲復驚……」胸中所湧起——對生離死別，對故事要結束了——的那份惆悵。

中學時期，記得黃老師談起他的大學生活——台大校園、陽明山的櫻花、周夢蝶的武昌街、明星咖啡館等等，是浪漫；日後知道也是對已逝青春的鄉愁！我不久前傳給他一則新聞，關於薄熙來兒子薄瓜瓜到台灣的婚禮，文中提及羅東。他的回應是：

「今日兩岸幾乎無法溝通，一份愛情，觸動兩岸的神經，如果終始幸福，也不失為一段美談。讀書在台北，羅東卻很熟悉，去過幾次，愛滾軸溜冰的，愛跳舞的，愛唱歌的，幾位朋友都在羅東，所以偶然會穿梭在台北與羅東之間。那時候，還是個開發得不算很好的小鎮，農村社會，有很濃的人情味。路上的街燈暗澹昏黃，彷彿稍為用力呼吸都會把它吹熄了。小鎮大路的黃昏，夕陽都給漫天車塵淹沒了，看到的是遠處一抹橙黃，沒有很清晰的輪廓，印象很深刻。這一刻突然想起，早已湮沒在歲月洪流裏的片段，一下子都在心眼裏亮了起來，再回頭，都是陳年舊事了。」

明顯地，瑞松老師的散文也很有味道，但他始終堅持寫舊詩。有時我想——創作人選擇表達自我的媒體，也許像樂手選擇自己的樂器吧。黃老師於書的後記中，提起他如何在交通的途中，看著街上的招牌，去練習辨認平仄，令我非常感動。那是個很特殊的命運——在一個已經式微的傳統中找到個人才情與感思的寄託。

在那英殖的舊香港，老師這樣義無反顧地進修研讀中文是個異數。他是在一九六一年負笈台大，而香港是於一九七四年才令中文成為法定語言。我的記錄劇情片《吳仲賢的故事》中，就談及火紅年代的中堅分子，為爭取中文合法化所進行的街頭運動，反殖民的奮爭。不知道黃老師看片時，有什麼感受？

瑞松老師本來不想特別談他個人的背景。但我認為此刻的香港其實很需要個人的口述歷史，以填補描畫大歷史之下，過往的人的生命、抉擇、軌跡。催促之下，他寫了兩篇序與跋，才知悉了他的家族史是一頁隱隱有張愛玲味的書香史。而教書維生的壓力可以導致長年累月每天只有時間吃一餐。那是一整代（包括我父母）令人敬佩，痛惜的掙扎；也是所謂建立香港繁榮，令諾士佛臺成為高級酒吧區，所需要的掙扎，所索取的代價。

張愛玲曾經這樣形容昔年的上海：「這時代，舊的東西在崩壞，新的在滋長中。」我不知道今天的香港內，「舊」的事物是否在「崩壞」？但反正新的事物不斷後浪推前浪。現在雖然有很堂皇的戲曲中心，但新光戲院卻結業了。官方培養是好事，但與民間自發自栽的花果，可能會很不一樣。我覺得黃老師的這批詩作，應該也是香港的文化遺產一個獨特的篇章。其實陸離愛寫打油詩，我提醒她：那也是個將要消失的文學類型。因為這次我們為黃老師籌劃出書，我也在鼓勵她把她的打油詩結集出版。希望我們不會失望！

人的一生總有許多無法實踐，不能完成的計劃。例如，我仍然希望可以把周夢蝶詩的英譯整理出版。然而這次促成了黃老師的詩集面世，真是人生「有得幾回」的盛會與幸遇。

瑞松老師的詩中有兩首特別觸動我。第一首是——

題坐釣圖

眠雲卧石逍遙久
漁獵何勞挈犬尨
不為花鱸不為鱖
一竿釣月坐寒江

另一首《逍遙》；他附的圖展示著一頭在雪地中獨行的貓，而貓身後是一串牠來時的足跡：

信步也曾留趾爪
欣然展展笑顏開
未嘗顧念誰知我
那管何人踏迹來

「不為花罏不為鱖」的坐於寒江畔的釣魚郎，是不問收穫地自娛自賞。而那雪中「未嘗顧念誰知我，那管何人踏迹來」的獨行的貓，顯然是對所謂「人死留名，豹死留皮」的説法並不放在心上。

周夢蝶曾經有一句詩：「誰是那相識而又未誕生的再來的人呢？」我們對輪迴、再生、「人死留名」、進入天國等等，可以有多少熱切的盼望，依戀，執著？

上面兩首詩輕盈地展露黃老師作品的神韻：一份豁達與自尊。舊詩詞往往關注人與大自然，人與歲序的交流、密約。瑞松老師彷彿一生堅持在這鬧市中，保留著這份舊詩詞的知與感，同時也與都市進行某些對話——「輯三：疫中行」是個好例子。對圍繞我們的無數營營役役，這也許是我們需要的一注清流，這當然也是藝術創作（形式不論新舊）的追求。

陳耀成

二〇二五年二月十六日

陳耀成 Evans Chan，曾被加州大學洛杉磯分校教授白睿文稱讚為：「華語文化界最具創意和多樣化的要角之一」。他成長於香港，現居紐約，於美國西北（Northwestern）大學得影像文化博士。他導演的電影包括劇情片：《浮世戀油》（1992）、《錯愛》（1995）《情色地圖》（2001）、紀錄片：《北征》（1999）《澳門二千》（2000）《吳仲賢的故事》（2003）《靈琴新韻》（2004）《大同：康有為在端典》（2011）《名字的玫塊一童啟章地圖》（2014）《蒙馬特之愛與死》（2019）《撐傘》（2016）及《我們有雨靴》（2020）等，曾在柏林、倫敦、鹿特丹、莫斯科、溫哥華和台灣金馬獎等多個國際電影節展出及得獎。他的中文著作包括《夢存集》、《最後的中國人》、《從新浪潮到後現代》及《時候》。陳為麥田出版社編譯的《蘇珊．桑塔格文選》及《旁觀他人之痛苦》連續獲台灣《聯合報》列為全年十大非小說好書。香港大學出版社於二〇一五年出版了 Tony Williams 教授編輯的研究文集《後殖民主義、散居及另類歷史：陳耀成電影（*Postcolonialism, Diaspora, and Alternative Histories: The Cinema of Evans Chan*）

附錄：黃瑞松老師回應

堅庭弟（他也是我的學生）描寫也許不離事實，跟我的印象卻不太相符，也許一直教高年級，學生都勤懇奮發，令我感動的是，偶然有中文科（語文、文學、中史）考得不理想（不一定是不及格）的學生，會哭著前來道歉，覺得對不起我。一生幸運，從未遇過頑劣的學生，威靈頓並不例外。張沛松校長，傳說中會有些難聽的話，個人對他卻頗為尊重，雖然學校被視為學店，總覺得他是誠意想辦好教育的人，他創始了一個獨特的制度，功課成績登記，催功課，欠交功課對學生的責罰，都由專設部門處理，讓教師只專責教學和批改作業。個人認為當中作用，是要減輕教師的工作量，讓教師有較多時間專教專職吧！讓我非常感動的是，他的臨終遺言，始終不忘學生。他很鄭重的叮囑太太：我死後，不要特別為我放一日假，不要誤了學生的課業。所以張先生辭世後翌日，六間威靈頓運作如常。我剛到威靈頓時在高街任教中二、三級，當時學校主任（其實等於分校校長）汪紹綸先生每日巡課對我這個新人都特別留意。三日後，汪主任對我說：你教得很好，明天開始，你負責教中四、五級吧。我問：要徵詢校長的意見嗎？汪主任說：他知道了。汪紹綸主任固然對我有知遇之恩；張校長用人不疑，果斷，對我也一直很有禮貌，對他，我還是感激的。

到尖沙咀後，偶然會兼一點中二或中三的課，節數不多，竟能相遇耀成，是緣；印象中，所教學生都乖，從沒有飛仔的感覺，算是終生之幸。

《第一聲蟬嘶》是忻愉的作品。忻愉是筆名，原名是李茂盛，羅東人。所寫《一隻吊在天花板上的壁虎》，公開發表後，曾獲創辦美國愛華頓大學「作家研習班」的已故聶華苓教授高度評價。跟我和吳宏一都是好朋友，同屆同學中，白話寫作數他最好，懷才不遇，多年前鬱鬱辭世了。

願我生如詩挾夢飛翔——代序

負笈台大的時候，街上偶然遇上問路的人，往往都用台語交談，同學覺得很奇怪，作為一個僑生，為什麼我能夠操台語流利應對。答案是台語本來就是閩南話，而我是閩南人，祖籍福建晉江。故鄉，是我遐想中的美麗家園，卻還不曾回去過。故鄉的種種，大部份是兒時從祖父母和爸媽口中得來的印象；後來任教恒生商學書院，有閩籍學生知道我的祖籍之後，課餘閒談，往往會提及假期回鄉省親，得來的種種印象，拓闊了我的視野，也加深了我對故鄉的認識與懷想。

從曾祖父開始，我家就從福建喬遷香港，並且在香港紮下了根。祖父逸邨先生是南北行司理，高瘦清癯，很有書卷氣。事實上，他喜歡詩，毛筆字也寫得好。公餘常用毛筆字謄寫《華僑日報》上舊詩專欄中優秀的作品，我喜歡舊詩，應該算是紹述了祖父的情與吧。當日《華僑日報》詩欄的作者，不乏名家。我的兩位英文老師潘學增先生、梁學輝先生，都常在報章上發表他們的作品。潘老師固然是一位碩學通儒，梁老師在詩壇上更被尊為「香奩王」，是踵武義山先生之後的一代名家，所寫七律，蜚聲一時。記得他有一首題目叫做《雁》的作品，中間兩句「瘴雨蠻煙連朔漠，曉風殘月過瀟湘」，令我至今不忘。我學寫詩，完全不按常規，一般人都會由七絕入手，然後五絕，然後律詩；我是由七律入手，可能是受梁老師的影響吧。

祖父嚴肅，也重視傳統。童年時一次溜到廚房裏偷吃傭人的烤栗子，離開廚房的時候給祖父無意中碰上了，從此嚴禁我往廚房裏走，理由是男孩子要做大事，廚房不該去。什麼是「大事」，老人家沒有說，當時也不敢問，長大後的推想，大概是做聖人，起碼是做個賢人吧？也因為這樣，雖然始終做不了聖人賢人，我從來不懂家務，廚房裏的雜活一概不曉，事事得讓太太偏勞了。

家嚴仲豪先生在廣州嶺南大學畢業後，投身銀行界，歷任港、澳各大銀行總經理，硬筆字無論中、英文，都寫得瀟灑飛揚。寫字，我沒有多大的天份，這方面，遠遠比不上。小學四年級的時候，讀《古文評註》，最喜歡《陋室銘》，尤其喜歡當中的「談笑有鴻儒，往來無白丁」；喜歡詩歌，父親讓我讀《唐詩三百首》，當時就把《長恨歌》都背熟了。後來嘗試仿「詩經體」用《孤雁》為題寫了四句：「涼風飄飄，多好良宵，可憐孤雁，何等無聊」。不敢讓祖父看，只拿給爸爸，自己以為寫得很好，一個讀四年級的小孩子為什麼會有這樣的感覺，會不會是「詩人」特有的孤獨感，現在想不起來了；後來長大了，讀辛棄疾詞，才明白這大概就是「為賦新詞強說愁」吧。當時父親只是淡淡然地說：你還小，將來再寫吧！因為這樣，我覺得自己也許寫不了詩，小六的時候，老師教平仄，也就不曾多大上心了。從來不怪父親，那樣的四句，在成年人的眼中，確實說不出什麼鼓舞的話。初中二的時候，學會寫詩，一次夜半賦詠，父親看見燈光走到我的房間發現了，還是給我很多的鼓勵，只責怪我此前為什麼不給他看，不給祖父看。對祖父，始終有一份由衷的敬畏，大學一年級的時候，祖父辭世了，不曾讓老人家知道我能寫詩，就成為終生之憾，同時也是終生之悔。

有機會能夠跨入國立台灣大學的大門，是僥倖。除了對自己所酷愛的詩詞，一貫鍥而不捨外；對其他課業，我算是個懶惰的學生，成績只算中游吧。學校裏有保送台灣各大學升學的制度，班上歷來成績最好的同學譚同新君有意報名參加遴選，同時也鼓勵我一起報名。當時的情況是，膺選者要同校方簽約，不得投考香港大學（當年還未有中文大學），不得投考教育學院。不排除因此有成績比我好的同學放棄了機會，高中三那年，我確實下了苦功，結果以全級第二名的資格獲選。這個好消息一直沒有告訴家人，爸媽因為我過去成績平平，也不曾對我寄予太大的期望。到父親壽辰的宴會上，眾多親友都關心我的前路要怎麼走，我才表白獲得台大中文系錄取的消息，算是對父親獻上一份喜出望外的壽禮。

也許因為學寫詩的時候先從七律入手，無意中也培養了寫作對聯的能力，即使寫的是七絕或五絕，往往不自覺地都會帶有對仗的成分，這也許成為個人部份作品的特色。過年時候，大街小巷各家各户張貼春聯，很多人會將上下聯倒置，不明白上聯最後一個字必屬仄聲，下聯最後一個字必屬平聲的規律，固然是一個因素；常人根本不辨平仄，是更主要的原因，看着實在難受。我能夠寫不錯的對聯，卻不常寫，那是因為一貫拒絕文字酬酢的緣故。不過，有幾副對聯，個人還是滿意的。其中兩副，是因為心誠中學的學生鄧齊和做了萊洞村的村長，師生之誼，就給那條村的牌樓寫了對聯。牌樓前端的是：

萊宇接神州喜見金烏普照
洞天縈曲水欣迎紫氣東來

牌樓後面的是：

水麗山明定卜騰歡迎百喜
藹繁鳥唱信知瑞氣集千祥

有一副對聯我覺很有意義，一對喜歡舊文學的高齡夫婦在結婚六十周年的時候，希望有人就他們的婚姻寫一副對聯，而當時丈夫已經身罹重病，收到學妹陳美寶女士代她的好友父母提出請求後，我盡速寫了：

好合三生約鴛鴦枕暖
結褵六十年鶼鰈情深

個人最喜歡的一副對聯，是太太鍾維慈女士任教粉嶺明愛陳震夏中學時，一次主辦閱讀計劃開放日，為了給太太捧場，主動要求給她代擬一副門聯：

明德明心明天下事
愛書愛道愛世間人

個人認為在幾副對聯中，這副對聯無疑算是寫得最好的。

在新詩已經非常成熟，在詩壇上成就輝煌的今日，為什麼我仍然堅持寫作近體詩。固然因為童年時代，少年時代，新詩還不算很成熟，舊詩仍然熠耀生輝有關；而接受教育過程中，幾位老師的鼓勵，祖父的啟迪，無疑也是重要的因素。而更重要的是，我深信舊文學不死（舊文學是根，中國文學豈能無根），舊詩還有很大的發展空間。舊詩新寫，儘能見古人之所未曾見，道古人之所未曾道，寫古人之所不曾寫；即或抒情寫意，今古同慨，只要有真感情，也實在無妨。而舊詩的音節，聲韻跌宕；舊詩的詞采，宜淡宜穠；既可放曠清新，亦能蘊藉含蓄，至於寄興遙深，意境高遠，總有其他文學體式，無法完全替代的地方。這大概就是在文壇上作為新文學先驅的魯迅、郁達夫，還有我的老師臺靜農教授等，散文、小說，寫的都是白話；寫起詩來，還是堅持舊體的原因吧。此外，還有一項非常個人的因素。對於自己所喜愛的詩詞文學，雖然孜孜不倦，做到堅持不懈；對於自己所選擇的教育使命，雖然鞠躬盡瘁，做到俯仰無愧，然而講到個人性格，我其實是一個非常疏懶的人。常常覺得自己的身體裏同時住了兩個靈魂，而很懶的那個，可能還是「真我」。學詩的時候，雖然從七律入手，後來常寫的，卻是五絕、七絕。熟悉平仄和掌握格律的人都會知道，寫律詩，總要費心經營；寫絕詩，往往一蹴而就，所以絕詩寫作，跟我疏懶的本性很能配合。個人有一種古人無法想像的賦詠妙法，靈感驟來，就開了手機，將霎時湧現的詩句，記錄在當天日曆上。尤其午夜夢醒，詩與乍現的時候，用手機記錄，實在最方便，一得之愚，野人獻曝，各界詩友不妨試試。以下是一首午夜夢醒，用預置床頭手機記錄作品的例子：

夜半詩成偶感

夢迴夤夜作詩奴
枕席憑何供亂塗
當信手機宜賦詠
何勞筆墨寫三都

文學史上的記載，左思因為要在靈感驟來時，能夠馬上掌握機會去完成《三都賦》就在家中各處都預置筆墨，詩中的第四句説的就是這回事。我是覺得，自己要比左思幸運多了，成長在一個科技空前發達的時代，有幸能夠開風氣之先，用手機錄詩，在「寫作」上，得到最大的方便。夢迴成詩，對我來説實在有很豐富的經驗，全賴手機，省卻了臨時尋紙覓筆的不便，也讓很多作品，能夠在被窩裏順利完成。

曾經有朋友問我，既然得到保送大學的機會，為什麽選擇修讀中國語言文學而不作他想呢？其實在當年，父親雖然殷切期望我選讀醫科，卻從來不抱太大的希望，他知道我怕血，對有意進修醫學的人來說，絕對是無法克服的困難。事實上，在選科選校方面，我沒有太多的猶疑，可以選三十二項，我只選了兩項。第一選擇是省立師範大學中文系，第二選擇是國立台灣大學中文系。所以這樣選，是因為我酷愛詩詞，酷愛中國文學。把師大作為第一選擇，是因為初學詩時從七律入手，而李商隱是我的偶像。元好問說得好：「詩家總愛西崑好，獨恨無人作鄭箋」，李商隱的詩，對雖然中文程度比較好，而人生經驗不足，只有中學程度的我來說，實在諸多不解，存在了很多的謎。湊巧知道，《玉溪詩謎》（李商隱別號玉溪生）的作者蘇雪林教授，當時正在師大任教，追隨蘇教授對李商隱的詩尋幽探微，正是我的夢想。後來入學通知書來了，我被編入台大，雖然也知道台大是台籍學生夢寐以求的學府，心裏還是有點失望，完全不曾料想過，這項編排對我來說是最好的安排。去到台大註冊之後，打聽蘇雪林教授的消息，才發現這學年，蘇教授已經應聘擔任台南成功工學院中文系主任。安下心來留在台大，才獲得親炙葉嘉瑩教授，持續三年恭聆教益的機會。而葉教授不僅精研杜甫詩，對李商隱詩也有精闢的見解，能夠立雪三年，實在是邀天之幸。

二〇二五年一月十六日

附錄

新年

枝頭老樹添新綠
葉底初蕾已著紅
漸覺歲時默默改
朔風連夜換東風

新歲

澹蕩風來澹蕩天
遠山張望盡嵐煙
靜中漸覺流光替
知是新年換舊年

輯一

貓眼看世界

牆頭貓

狸奴信是周遊倦
獨恨無魚奉客前
當念此時都寂寂
也曾相望各怡然

詠家貓

屋隅常駐足
匐伏每梯邊
傲骨來難喚
殷勤愛共眠

沙原貓踪

信步也曾留趾爪
欣然展展笑顏開
未曾顧念誰知我
那管何人踏迹來

俯瞰

爾我羞同列
去來慣自由
高踞常俯視
所見盡低頭

貓趣

梯間匐伏添閒趣
望裏園花燦爛開
若問暗紋緣底事
隔籬樹影過牆來

五歲虎貓

紋彩天成都似虎
從來意氣慣飛揚
五年遠近捕無鼠
賴有威儀慴八荒

敬告貓奴

自忖褥床原屬我
驟寒天氣冷如冰
取回高卧睡連枕
切戒侵權莫霸凌

貓訓

遲來討罵未為奇
佇候多時倦亦疲
爾我當知誰主次
速呈美食好療飢

鄰貓

擬置新居頻顧望
隔籬清趣寄盆栽
倏然乍見掀簾處
竟是狸奴守戶來

輯二

花花世界

盆栽嘆

諂事愚庸違本我
縱情揮灑始淋漓
可憐一樹盆中植
曲折無端知為誰

風雨蘭

叢芳風後凋零盡
約略餘香散復來
賴有輕紅添色彩
一株卓立雨中開

蝴蝶蘭

春來扦插已三年
默默含蕾值雨前
盼得今朝花似蝶
未嘗振翼也翩翩

枝垂櫻

輕紅豈是塗朱粉
天塑姿儀似柳垂
未老辭枝憐命薄
飄零只為怯風吹

荔枝角公園紫花翠蘆莉

終嫌媚世同招展
衆裏爭妍事可哀
還復天心歸本我
何妨便作野花開

詠桃花

曾是當年信手栽
東園猶復舊亭臺
長安此夕無崔護
依舊嬌紅燦爛開

梨林春曉

梨林香韻好花開
信是仙儔著意栽
細雪為肌冰作骨
踏青時節送春來

鵑花時節

每念當年同躑躅
重來腸斷染春山
詩人空有心如血
都在煙嵐夕照間

銀杏

溯始源追二疊紀
也曾逐暖漸南遷
花黃果白公孫樹
步步走來三億年

蘭詠

素心幽獨憐芳草
盼得芝蘭次第開
小坐風和香細細
翩然時見蝶飛來

霜葉

楓亭向晚且流連
節序初逢臘月天
入眼嫣紅人欲醉
風來霜葉各翩翩

詠白梅

宵殘臏有暗香催
縞袂霜凝費剪裁
欺雪凌冰矜傲骨
風華信自苦寒來

飄棉時節

曾是枝頭紅勝火
英雄樹上已飄棉
不辭終作沾泥絮
為愛乘風浪蕩天

楓林

信步楓林晚
逍遙任我行
舉杯辭夕照
冉冉月華生

鵑桂雜植迴廊

幾回望斷短長廊
依樣星光漾水光
記得當年閒話處
鵑痕猶帶桂花香

心蔓——致吾愛

山盟垂久遠
似石復如金
付我纏綿意
還君一串心

牆罅三色堇

牆頭乍遇憐初放
飄泊何嘗著意栽
為有生機藏間隙
逢時便借罅中開

《花約》四首

花約之一

冰封極目琉璃界
雪裹霜凝默默開
底事不辭寒徹骨
惜花人去約重來

花約之二

幾許清奇迷雪魄
十分穠豔塑冰魂
風中佇候如期約
霜裏同纏愛恨根

花約之三

重來盼莫輕然諾
曾是殷勤著意看
雪裏還開情脈脈
枝頭舊綠怯新寒

花約之四

風雪不辭猶佇候
只緣當日約重來
年年期盼都如許
每到花時燦爛開

輯三

疫中行

疫中新友戲言

往還未識廬山面
莫辨情懷喜與瞋
疫後相逢應不識
只緣都是罩中人

疫中街頭

通衢枯寂行人杳
疫癘猖狂播萬家
頹靡悽惶情興減
望中曾見舊繁華

聞新冠重來

世間盡說人情薄
春夢秋雲事事哀
豈似新冠還念舊
宵寒露冷約重來

疫潮偶拾

錄像歌堂留麗影
幾回共唱接昏晨
驚天疫浪滔天湧
賴有聲情寄視頻

免罩令

憂疑疫浪翻天湧
數據空談偽命題
解罩令朝由政令
信非醫理作前提

美食廣場慘象

疫餘老少延殘喘
百載榮華事已非
羞向杯盆同悵望
只緣膹飯可療饑

疫後之一

疫中故舊睽違久
茶敘紛紜說苦甜
去日苦多來日少
未遑回顧慣前瞻

疫市偶感

連年世亂生涯苦
疫市眉開非等閒
笑意欲尋憑相冊
當中人面盡歡顏

疫後之二

緣何百業瀕凋敝
信是生民苦食貧
階砌還留好景致
通衢麗日杳行人

輯四

少小童真

喜見蝸牛

兒時課讀說從頭
女塾多年鮮侶儔
自是往還無玩伴
校園私語賸蝸牛

童夢

兒時落寞作奇想
輒望澄空夜不眠
盼得盆梯能抱月
凌雲馭夢闖青天

兒時

憶昔尚童稚
天真未解愁
逐星誇健步
籬畔數牽牛

少年遊

當年共硯尋書趣
春暮山行憶舊時
流逝芳華都似夢
青葱歲月盡如詩

少年舊事

少小分離嘗指月
每年此夕約同尋
遙知視線成交集
中有相思一片心

輯五

大夢方覺

悟之一

此身若問知何似
營役勞生一蟻民
冷暖人間成過客
無非亂世作微塵

悟之二

塵寰萬象每荒唐
乃悟安閒在夢鄉
百味人生宜細品
方知世事慣無常

悟之三

紅塵諸相悶葫蘆
何必斤斤辨有無
洞察世情徒自苦
得糊塗處且糊塗

悟之四

幽叢日影光初透
展笑揚眉自在行
一葉辭枝忽入目
轉憐飄蕩似浮生

偶悟

浮生頁頁都成夢
每到花時憶舊遊
歲月如書須慢揭
一思量處一回頭

雨晴

人從晴雨過
歲月慣無聲
玩世不辭老
何求身後名

骨骼顯影有感

從來形表各分殊
蹇達何憑莫信書
驟看掃描顯像後
盡人骨骼或相如

題垂釣圖

垂綸豈為釣浮名
老去贜宜湖海行
放棹方知風月好
贏來清趣快平生

網中吟

勞生役役接昏晨
真似假來假亂真
莫道超然浮世外
相逢都是網中人

細讀

慣憑詩酒寄清狂
似夢浮生百味嘗
歲月如書須細讀
方知字字不尋常

立春曉行

接葉枝頭春尚早
曉晴樓閣已聞鶯
含蕾盼得花初放
便約東風古道行

輯六

逢年過節

霜降

轉憐衫薄涼風滿
遠近松濤趁曉鐘
此日偏知秋意盡
醒來漸覺入寒冬

庚子新歲鄉思

由來風雅常窺月
賴有靈心擅跳梁
莫詎寸光憐鼠目
迎來新歲慣思鄉

清明

細雨輕如夢
凝雲未放晴
山行時絡繹
節序又清明

辛丑中秋

吟蛩譜就相思賦
一脈香分兩地花
此夕澄明同望月
天涯睽隔共蟾華

春分偶感

撫弦舊侶今何在
曾是歌筵響遏雲
自在風來花歷亂
枝頭暖日已春分

立冬

聽罷秋聲花已倦
連宵漸覺歇寒蛩
元知早晚添涼意
今日醒來已立冬

小雪

醒來莫怪添衣早
既定環流改日常
慣向熒屏睜睡眼
方知北國白茫茫

輯七

浮生雜識

紫金山阿特拉斯彗星

乍遇情知成別後
願能邂逅碧雲天
宵來默默殷勤望
未悔相期六萬年

別後

斷崖小立聽啼鵑
別後巒山盡黯然
紅杏雨迷惆悵地
綠楊煙鎖奈何天

懷李白

斷崖凝佇肆吾狂
俗念塵心盡欲忘
天末風涼懷李白
一樽遙奉立蒼茫

憶詩酒少年時

飛觴賦詠值華年
酒後管誰在我前
著意邀花求共醉
也曾抱月約同眠

有寄

盈袖輕寒便似秋
曉嵐煙雨細如愁
落花風裏原無主
悵望飛紅逐水流

醉歌——贈阮荻

長歌踏遍楚山春
彈鋏歸來夢未湮
笑我醉鄉常作客
憐君猶是獨醒人

落花

久暫去留寧在我
憐她似夢復忘機
花如病蝶都慵倦
每到風來各自飛

與妻騎車共遊

鮮言恩愛素糊塗
情意憑何辨有無
漸次龍鍾猶不改
從來晴雨慣同途

紙媒嘆

閒來盡閱塵寰事
瑣細紛繁亂似雲
爭奈紙媒瀕沒落
手機尤便報新聞

惰

猶念少年厭簡牘
偶逢久讀睡如仙
孰知老去還依舊
取得書來每助眠

致敬張家朗——花劍奪雙金

繁花落盡劍花開
數忍波瀾百折摧
六十八年圓一夢
蟾宮折桂慶重來

師生久別偶聚

書聲課讀恍如昨
重聚言歡已暮年
壯氣童心都未改
笑談絮絮話從前

致敬江旻憓——奥運決一劍

拚來壯氣吞牛斗
細刃寒芒鬥幾回
卻賴禪修贏淡定
翩然一刺起驚雷

憶華僑日報詩壇

風流分付去來潮
賴有餘暉慰寂寥
曾是千年宗李杜
倩誰青眼看今朝

秋夕

一燈如豆月如霜
此夕蟾光入戶涼
笑靨似花人似玉
花輪皎潔玉輪香

夢迴有寄

慣遣飛花載夢回
依然淺笑襯香顋
相思漫道無痕跡
換得繁霜壓鬢來

題坐釣圖

眠雲卧石逍遙久
漁獵何勞挈犬尨
不為花鱸不為鱖
一竿釣月坐寒江

遊圓明園

假日展遊屐
園行共此心
頹垣宣國恨
圮石誌哀忱

題月下舟釣圖

浩淼煙波生兔影
微瀾洄洑各綿延
一竿獨釣寒江月
兩棹中分水底天

南京玄奘寺——供奉日戰犯

金陵寺裏倭魂在
憾有國人奉若神
屠戮我民三十萬
史中血債舊猶新

題醉飲圖

斗飲都如水
酒酣便似仙
花前曾酹月
醉卧約同眠

夢醒時分

相逢眾裏殷勤問
傘底風華似舊時
晨起尚縈侵曉夢
依然窗外雨如絲

偶感

少年意氣慣飛揚
筆下淋漓踵盛唐
莫道老來情致改
詩中猶帶幾分狂

秋颮

枝曳蓬飛搖落木
驀然呼嘯似驚雷
往還鄰里走相告
知是秋颮卷地來

紙鶴

此日學成頻折疊
無端心緒亂如雲
願隨紙鶴乘風去
好把深情付與君

相攜

此夕相攜庭院坐
共迎新月掛枝枒
來生若未諧連理
願作梢頭並蒂花

致敬歷世詩人

莫問詩壇誰祭酒
都曾一代領風騷
筆尖快意傳今古
光采同沾足自豪

蟲・蛹・蝶

寄迹花叢後
逍遙任去留
修成蛹作蝶
一夢化莊周

蝶

莫笑尋芳迷曲徑
春回風暖百花開
此情脈脈飛還歇
疑是莊周馭夢來

遙寄

前賢自是不知我
相得原難隔世求
今日重圓蝴蝶夢
一詩遙寄致莊周

報夏

驀然蛙影沿牆見
園畔籬邊染綠苔
連日滂沱無窒礙
雨中皇儲報時來

牛

未嘗縱影現田疇
奶量寡多定去留
放牧當年人已老
幾時橫笛再騎牛

讀余光中《尋李白》後——致李白

憑誰再譜清平調
驀馬呼兒肆酒狂
盼越千秋同飲月
醉眠何處非吾鄉

無題

豆蔻揚州事已非
宵來猶得夢依稀
愁腸每逐星橋斷
雲訊應從塞雁歸
煙柳垂條今草草
落花斜照故飛飛
沾衣半是司勳淚
芳艸春深綠正肥

偶望

長廊寂寞染輕埃
月季般勤去後開
花事每因心事改
水波猶逐眼波洄
不辭雨冷迷香徑
依舊風聲立露臺
偶望重門深閉處
當時曾見故人來

神遊——步原韻和陳勒錦先生

依舊輕寒上小樓
疏星明滅月如鈎
夢魂已逐瀟湘水
壞壁還題鸚鵡洲
笑卧雲山詩作客
醉眠煙渚鳥為儔
竹林此去無多路
澹泊勳名自可求

過故人居

風過山城雁喉哀
故園無復舊亭臺
飄零紅雨君安在
依舊蒼蕪我復來
月魄去還三夏矣
夢魂交替幾秋哉
思牽夜夜腸疑直
只賸飛螢繞綠苔

客居偶得

煙巒野水遶荒林
啼鳥聲聲亂客心
鵑血雲山空寂寂
柳棉庭院夜沉沉
飄搖蝶夢迷三月
斜照蟾華自古今
底事渭城歌未歇
連天芳草復登臨

冬日蚊踪

冬寒苦候誰憐我
掌裏魂銷事事休
每居妊娠須吮血
亦如人世稻粱謀

烏領椋鳥

敢跨日月湖長虹
氣概天成踞路中
那管途人聲雜沓
官宣舉世孰為雄

紅肚側頸龜

慣棲水澤愛眠磯
側頸紅臍品類稀
昂首人前無畏怯
孰知著地去如飛

病蝶

信是宵寒曾誤蝶
苟延況值雨微微
病深猶作枝頭夢
願借風來奮翅飛

詠龍

九霄吟罷雲雷變
功在生民合記憑
佑我中華垂萬代
贏來歷世作圖騰

燈蛾

不避焚身猶赴火
常人咸道太荒唐
倩誰辨識卑微意
嚮慕眼前一點光

詠蛇

每到寒冬甘蟄伏
逢春夢覺共芳菲
閒來醞藉潛榛卉
不假蹂腆草上飛

哀念葉嘉瑩師

網上驚傳天外訊
師門立雪憶當年
尋常歲月無常過
駕鶴乘雲總突然

遙念嘉瑩師

化育扣鳴猶在耳
北邙此去盼從容
天涯遠望添遙念
翹首雲山幾萬重

曉寒

漸移時序花先覺
似夢無憑各自飛
雨裏行人改步調
曉寒今日已添衣

秋心

盼得月圓花已謝
相逢此夕語還休
倦抬望眼人踪杳
始信秋心便是愁

額紋

顏面鏡前添皺摺
何須耿耿復斤斤
素知歷練存紋理
成熟借來添幾分

花約

當年猶記花前約
故舊何如久未聞
心事滿懷藏旨酒
未曾淺酌也醺醺

期許中國宇航

壯志焉能負此生
雄圖寰宇闖新程
蟾宮遊罷窺熒惑
遍踏長空星際行

偶得

迎來病骨療豐膩
贏得清癯好獨行
休咎去留都笑對
莫將鬱悶負餘生

真假貔貅

從來渴睡苦炎熱
獨愛涼風淡淡秋
憨厚天成皆木訥
何妨日日扮貔貅

膳前

待得餐餚已備就
腹中時計應時開
閒來渴睡睡如豕
美食調成自動來

攜狗就醫

憂惶挈赴診
車上與為鄰
未解愁人意
欣然傍我身

輯八

小詞幾闋

蝶戀花・詠雨

望裏平蕪山作柱
柱畔雲濃
總是詩魂聚
歌哭浮生無定據
西風有淚連煙渚

點滴星塵懸草樹
葉上花前
爛漫都如許
他日相攜煙靄侶
今朝且作人間住

卜算子・詠風

來是挾松濤
去是尋無處
慣逐流雲自在行
莫負閒情緒

看罷洛城花
更踏天涯路
贜有清狂不解愁
底事猶回顧

離亭燕・別後

曾是五湖歸叟
曾是沈腰消瘦
目斷楚雲何處是
一帶煙波如舊
鵑血更殘陽
記否短亭攜手

又是遠雲迷岫
又是落花盈袖

多少灞橋惆悵事
付與舊詞新酒
啼鳥更聲聲
記否長亭折柳

鵲橋仙・夜登大帽山醉瞰市塵燈影有感

舊亭小歇
斷崖危立
望盡嵐山煙水
疏狂權作摘星人
又怎料星沉雲底

寒蟬悲咽
長河寥落
諳盡銷魂況味

浮生原恨少歡娛
卻別有閒愁無際

羅敷豔·弔三閭大夫

蹄踪漸逐行雲去
身也飄零
夢也飄零
望斷澄江點點萍

窮山未許埋詩骨
生也堪驚
死也堪驚
一夜江頭聽雨聲

跋

回顧與前瞻

一生幸運，遇上三位好老師，對我後來走上舊詩的路，走上教學的路，都有深遠的影響。第一位是小學時教我中文的胡真老師，他是一位前清學者。我天性懶惰，小學階段每到升班，都讓父親皺眉頭。小五升小六，無意中走到海壇街「廣大中學」附設的小學部（廣大中學全名是廣州大學附屬中學），自己闖進去參加入學試，中文卷寫了一篇文言文，閱卷的人就是胡真老師，對我很欣賞，覺得我文章寫得還可以。只是字體實在太潦草，特別指導我臨摹黃自元的法帖，要我從基礎學起。寫字我實在沒有多大的天份，後來教學時要用毛筆批改作文，課堂裏要板書，竟然贏得不少學生的讚嘆，都是胡老師每日督促的功勞。胡老師年紀有一把，人很風趣，營造了一個輕鬆、快樂的課堂，跟我們這班小頑童在一起，並無隔膜。老人家擅長互動教學，往往從課文中甚至日常所遇的種種隨機提出問題，讓大家去思考。有一次上課時遇上酷寒天氣，他因應環境，給我們講述了東晉謝家子弟形容大雪紛飛情景的故事，謝朗的「撒鹽空中差可擬」，當然遠比不上謝道韞的「未若柳絮因風起」了。在我們讚嘆之餘，他乘機問大家，讓你們用一句說話來形容今日的天氣，會怎麼說呢？沉默了幾分鐘，在老師的鼓勵中，同學們各抒己見，後來問我，我只答了「嚴寒酷冷」四個字，被認為是最貼切的答案。這四個字，從此成為我的諢號，我也不介意，反正從小木訥內斂，給人的感覺總是冷冷的。胡老師覺得這是我的缺點，所以班際演講比賽的時候，就讓我代表班上去參加，贏了冠軍之後，就成為以後每屆演講比賽的代表了。這樣的機會，沒有改變我的個性，卻對我後來從事教學的工作，提供了很大的信心與方便。老師的舊學根柢好，一次講授李白詩之後，就主動教我們分辨平仄，當時沒有寫詩的動機，覺得寫詩這回事跟自己距離很遠，也只是隨便聽聽，錯過了起步的好機會。

第二位是中學時教我們數學和物理的譚宗煥老師，他是一位非常勤懇盡責，又不惜用課餘時間給我們解疑析難的老師。更難得的是他的中文修養很好，一手毛筆字，令人遙想元代書法家趙松雪的風采。初中一開始，學校就遷往窩打老道的新址，地點距離現在的培正中學不遠，新校的「廣大中學」四個大字，正是老師的墨寶。第一次見譚老師，卻是在海壇街舊址，一位高大英挺的年輕人走到我身邊，問我可是黃瑞松？料想他是教師，連忙起立回答。他説胡真老師看過你的文章後，推許你是天下奇才，我好奇，所以來看看你。中學階段，數學和物理我不算高材，譚老師仍然器重我，給我很多鼓勵和指導，想來除了在週記中個人表現的積極，當初胡老師的那句話可能也有一點影響吧。初中一那年，譚老師是我們的班主任，鼓勵我們寫週記，提升我們的寫作能力，也方便加深對我們的認識。百忙中，他總是用毛筆給我們一一批閱，給我們很多的鼓舞。老師認為年輕人不能只顧讀書，也得多做運動，所以星期天，只要天氣還好，總會帶我們攀山去。他認為攀山不僅能夠強化體魄，也能鍛煉個人的意志。當年較常去的是獅子山，暮春時候，山腰處長滿了紅紅的杜鵑花，一片花海，賞心悦目，那樣的情景，永遠印記在我的心中，至今不曾忘滅。當然不能忘滅的，還有老師的關愛，和同學們在曠野中開懷的歡笑。最近偶然翻閱相冊，一張張舊照片，漾起在腦中的，還是當年迴盪在山谷的，那些年輕爽朗的笑聲。因此，也在一張舊照的旁邊，題了一首詩。

少年遊

當年共硯尋書趣
春暮山行憶舊時
流逝芳華都似夢
青葱歲月盡如詩

如今，曾經遍坐山頭一張張年輕的臉孔，絕大部份都失聯了，留在心裏的，就只有還凝固在照片上的那段年輕歲月，還有彷彿永遠流動在曠野裏的風聲和笑聲。

第三位是大學時代的葉嘉瑩教授，葉老師是知名的國際學人，是碩學名儒。能夠持續三年，恭聆教益，是個人的大幸。負笈國立臺灣大學中文系一年級的時候，她是我班的「文選」導師，大學教授和學員之間，常常會保持一定的距離，葉老師平易近人，一開始就打破這樣的隔閡，上她的課，會讓大家真真正正的感覺到如沐春風，課堂的氣氛很輕鬆。我交給她的作業，無論是文言或是白話的，眉批大批，分析入微，亦每多勗勉，至於文章內容，遣詞用字，就絕少修改了。偶然一次，我寫「端上」，她用紅筆圈了，改成「拿上」，當時就覺得，「拿上」的確比較好，比較自然，印象很深刻。大二的時候，她教我們「詩選」，在她的引領下，那些僵卧了幾百年的作品，一下子都活起來，感覺上，她讓我們跟古詩人一起呼吸，同歌同哭。就在那一年，我大膽把自己寫的一些作品（包括幾首詩和一闋詞）拿給她看，她只在那闋詞中修改了一句，其他都很滿意。記憶所及當日的那闋詞是這樣的。

蘇幕遮

柳棉風，鵑血路，紫陌斜陽，煙鎖垂楊樹，淚眼看花頻獨語，暮雨朝雲，應是無尋處。　楚狂魂，江漢侶，壞壁醉題，薄倖司勳句，放眼落花知幾許，芳草連雲，但送春歸去。

老師當年修改的，就是下片第二句的「江漢侶」，是整句移動了，當時的感覺，是點石成金，把整闋詞都提升了。大三那年，選修了「杜甫詩」，仍是葉老師的課。因為是選修科，班上除了三年級的學員外，也多了不少修讀碩士課程的研究生。老師覺得我們都比較成熟了，就加強互動，又常常在課堂中抽點時間，摘取杜甫律詩中的某一句，要大家嘗試配合對仗，這無疑是很大的挑戰，不過也是我們最期待的時刻。老師會在一定時間後，隨機抽個別學員宣讀自己的「傑作」，我的表現，她是挺滿意的，無疑也加強了我日後寫作對聯的自信，同時也讓我在日後教學工作上，獲得了非常有價值的啟發。執筆的時候，葉老師剛以百齡辭世，生前捐貲三千五百多萬給南開大學，設立「迦陵基金」希望弘揚詩教，大德高風，垂教千古，四海同欽。

告別大學生活，就走上教學的路，這條路，一走就是三十九年。當中，心誠中學三年、威靈頓英文中學十六年、恒生商學書院二十年。從來沒有遇上頑劣的學生，這是個人畢生之幸。

心誠中學的階段，是一個很好的開始，學校環境優美，校園壯闊宏大，難得的是學生們都很純樸，而且酷愛中文和中史。難忘的是，下課的鐘聲響了，他們往往都很不捨，想把老師留住。這份熱情，一直綿延到現在，雖然中間有一段日子失聯了，到再取得聯繫之後，每年每季都還相約茶敘。他們一直殷殷樂道的是，當年我教中史，從來不用書，都是直接口述，讓他們寫筆記，每堂完了雖然都覺得很累，但生動的鋪敘總讓他們印象深刻，歷久不忘。一次歡聚後，有感而發，寫了一首小詩。

師生久別重聚

書聲課讀恍如昨
重聚言歡已暮年
壯氣童心都未改
笑談絮絮話從前

威靈頓英文中學的十六年，相對是比較辛苦的，兼教中國語文、中國文學和中史三科，主要教中四、五和中大預科。私立學校，教節多寡決定酬勞多少，結了婚，有孩子，為稻粱謀，每星期上、下午班總共四十個教節，忙的時候，有些日子就只能喫一頓晚飯了。不過我永不會忘記，要給學生經營一個快樂的課堂，上課的氣氛，總是輕鬆愉快的，對學生、對自己，都是一份難得的享受。威靈頓的學生，都有個共通點，資質個性雖然各有不同，大家都很積極。當時家在米埔，學校在尖沙咀，相距很遠，不過每到假期，很多學生都會不辭跋涉，到我家裏來聊天。那樣的日子，都充實而快樂，因為我很明白，那是傳授課程以外個人識見的好機會，教育從來不局限於課室裏去進行。

恒生商學書院，是我任教時間最長的一間學校，無論最初幾年講授的文憑課程，抑或後來的預科課程。學生都有一個共通點，就是同事們口中常說的，來自五湖四海，不過很奇怪的，兩年課程後，他們絕大部份，都愛「恒商」多於原有的母校了。「恒商」的教師專科專教，態度認真，固然容易贏得他們的好感；「恒商」有宿舍，大專式的生活，讓他們既有課餘的輕鬆，也有一份不自覺的凝聚力；「恒商」的教學效果好，加強了他們的自信和成就感，當然也是一個因素。對我來說，因為身兼中文系系主任和學生宿舍總舍監，行政上的承擔令我很忙很累，入到課室，就是最輕鬆，最享受的時光。學生都積極，都熱愛中國文化，對教師都關心熱情，實在很難得。

教師的職責，固然在於傳道、授業、解惑，不過個人認為更重要的，是要培養學生一種懷疑的態度，畢竟盡信書不如無書。通過不斷的閱讀固然能夠厚蓄知識，但如果不求甚解，囫圇吞棗，其實也容易被誤導而不辨真相。所以我會鼓勵他們，不妨疑古，不妨挑戰權威，即使正史的記錄，也不一定就是真相，因為所有史官，都面臨當朝權貴的壓力，於是開國主例必賢能，亡國者都是昏君、暴君，當中難道絕無例外嗎？也曾舉例讓他們去思考，秦始皇焚書；漢武帝罷黜百家獨尊儒學，在本質上，其實都是一種思想的箝制，為什麼前者被視為苛政，後者卻被視為德政，當中原因何在？可有不公平的地方？歷史上，論所作所為，論政績軍功，秦始皇跟漢武帝，幾乎是面譜相同，骨骼如一的隔代孿生子，為甚麼一個被痛斥為暴君，一個被定性為賢主，當中可有特殊的原因？是否公平？都值得大家去思考，去質疑。

所以唯有嘗試反覆思考，確認無訛才接受，那才是真學問，只要肯動腦筋，就會發現很多權威的意見，其實都是可以挑戰的，讀書如此，做人也如此。何文匯先生曾經笑問：像你這樣鼓勵學生挑戰權威，難道就不擔心有一天，學生也來挑戰你，難倒你嗎？當時我也笑著回答：你我都是教育界中人，這樣的學生，不正是我們所殷切期待的嗎？

我喜歡詩，自以為詩屬於我，我屬於詩。有人問：在新文學發展得那麼蓬勃的今日，你為什麼還要往舊詩詞堆裏鑽呢？其實，我並不反對新文學，並不否定白話詩。雖然走舊詩詞的路，偶然，我也寫新詩，比較偏愛自由體就是了。不僅讀書時候寫，教書的時候也會寫。白話文學講究的是「我手寫我口」，我著重的是「我手寫我心」，心之所嚮，筆亦隨之。初中一的時候，每到星期日，一班小頑童，常隨著老師攀山去。一次攀到山頭，一個漂亮的小女孩忽然遞給我一株小白花，她說：給你。本來想問她為什麼，話說出口的時候卻變成什麼花？她笑笑：小百合吧。後來我因此寫了一首小詩。

百合

霧裏　山頭
遞給我一握霜白
妳說　給你
一抹晨曦　幾許凝眸
妳說　給你
笑靨漾起在那小小的花上　那圓圓的小臉上
什麼花
山原上的小百合
從此
管他園子裏老蔓著一坪幽綠
枝頭上儘平添了幾許嫣紅
綻放在心裏的

還是那株小小的白花

詩也許不怎麼樣，寫的是心裏話。後來教書，每到學年終結，少不免得寫寫紀念冊，偶然興致，一次在紀念冊上題了一首小詩。

回首

在拓展新程的路上
在遠離的時候
妳不妨
不妨偶爾回首
這曾經滿載溫馨
曾經洋溢歡笑
曾經駐足勾留的芳菲園囿

寫這首作品，是在任教恒生商學書院的時候。

我所以偏向舊詩詞的路，是因為童年到少年時代，能夠接觸到白話詩的機會其實很少，課本裏只有胡適的《嘗試歌》，偶然看到徐志摩的作品，明秋水的作品，就覺得如獲至寶。坦白說，如果那時候有痘弦，有余光中，有席慕蓉，今天的我，可能會是一個白話詩人。特別欣賞席慕蓉，她的《一棵開花的樹》，簡直是情詩絕唱。

在白話詩比較貧乏的當日，圖書館裏，書局裏，唐詩宋詞，卻是林林總總，繁花盛放，對我來說實在太吸引了。要走舊詩的路，卻也不容易，小六時錯過學習的機會，到初中二階段想學，已經找不到願意指導的人。書局裏有好幾本教人分辨平仄的書，我都買了，卻千篇一律出現「魚宇御玉」一類的錯誤。後來還是要憑記憶所及，重現小學階段時，胡真老師教分辨平仄時的模糊印象，逐步揣摩，終於掌握了四聲九調，然後積極練習。閒暇的時候常坐電車，在較慢的車速裏，把沿路招牌上的字，一一辨聲定調，這方法很有效。於是嘗試寫作，每晚寫一兩首，當是習作吧，持續兩三個月，有一天突然發現，眼中所見的所有文字，都能一眼辨四聲了，這才真正掌握了寫作的工具，至於如何提升，就得從前人的作品裏去吸收營養了。因為摸索上的困難，所以後來教學的時候，有機會，都會教學生去分辨平仄，任教恒生商學書院的時候，曾經搞了一個「中詩學會」，就更加方便了。

走上舊詩的路，不免孤單，卻從不寂寞（記得葉嘉瑩師曾經有近似的説話）。不像古人，往往有唱酬之樂，所以孤單；今日所見，儘多古人未見之物，未闢之境，可以提供給我們寄意抒情的機會幾乎俯拾即是，揮灑過後，內心滿足，何曾寂寞。

欣賞胡適提倡新文學，為後人在寫作上開闢了一片遼闊的新天地，但反對他把舊文學都斷為「死文學」。文學的生死，該由內涵去判定，不該由所採用的語言去決定。我從不否定新詩的價值，卻同時認為舊詩還有很大的創作空間。舊詩寫作有很大的包容性，也能因應時代作出適當及時的調整。無論辭彙或內容，只要寫的人敢寫敢想，信筆寫來，應該都絕無杆格，舊的形式裏，其實也存在新的生命，新的靈魂；重要的是當中也存在作者的感情，作者的創意。

從年輕到中年，所寫作品偏愛抒情，近年作品，卻偏愛詠物，重要的是，都言中有物。其實只要仔細觀察，用心聆聽，花鳥蟲魚乃至宇宙萬物，都各有性情，各有心曲。詠物的作品，既可以描摹形神，也可以抒情寄意，更可以暢發心曲。中國文化講究「天人合一」，詠物抒懷，正好達成這樣的效果，而物類的世界，繁多而豐盛，實在有很多創作空間，更是古人雖得而見，卻未嘗真切窺望的新世界，能與萬物同呼吸，能夠寫出各種物類想説而未能説的話，實在是一種很奇妙的體驗。希望這種體驗，也能引起一些共鳴，也能給有興趣從事舊詩寫作的人，開闢一個遼闊的新園地。當然，這番説話也僅屬個人淺見，當舉世科學，也包括中國科學，都發展到外太空的今日，肯定會給舊詩創作，帶來更多的想像，更大的創作空間，舊詩新寫，其實可以創意無限。

最後，要感謝陸離和陳耀成，沒有他們的鼓勵、策劃與玉成，就不會有這本書。

二〇二五年一月十六日

觀星閣詩艸

作　　者：黃瑞松
責任編輯：黎漢傑
設計排版：陳先英
法律顧問：陳煦堂 律師

出　　版：初文出版社有限公司
電郵：manuscriptpublish@gmail.com

印　　刷：陽光印刷製本廠

發　　行：香港聯合書刊物流有限公司
香港新界荃灣德士古道220-248號
荃灣工業中心16樓
電話：(852) 2150-2100　傳真：(852) 2407-3062

海外總經銷：貿騰發賣股份有限公司
電話：886-2-82275988　傳真：886-2-82275989
網址：www.namode.com

版　　次：2025年3月初版
國際書號：978-988-71097-2-3
定　　價：港幣68元 新臺幣240元

Published and printed in Hong Kong
香港印刷及出版